PEDRO VIAJA A MARTE

por Fran Manushkin

ilustrado por
Tammie Lyon

PICTURE WINDOW BOOKS
a capstone imprint

La serie Pedro es una publicación de Picture Window Books,
una marca de Capstone
1710 Roe Crest Drive
North Mankato, Minnesota 56003
www.capstonepub.com

Los datos de CIP (Catalogación previa a la publicación, CIP) de la Biblioteca del Congreso se encuentran disponibles en el sitio web de la Biblioteca.
ISBN: 978-1-5158-8388-3 (encuadernación para biblioteca)
ISBN: 978-1-5158-8389-0 (tapa blanda)
ISBN: 978-1-5158-9216-8 (libro electrónico)

Resumen: En la escuela, Pedro ha estado leyendo libros sobre el planeta Marte. Cuando llega a casa, imagina cómo sería vivir en el planeta rojo. ¿Podría escalar la superficie rocosa de Marte? ¿Sobreviviría sin helado? ¿Será que su gran imaginación lo lleve a quedarse en Marte o decidirá que prefiere vivir en el planeta Tierra?

Diseñadora gráfica: Bobbie Nuytten
Elementos de diseño: Shutterstock

Traducción al español de Aparicio Publishing, LLC

Contenido

Capítulo 1

Marte se ve genial

Pedro estaba leyendo sobre Marte.

Le dijo a la maestra Winkle:

—Marte se ve genial. Sería

divertido ir allí.

Katie levantó la mano.

—Yo quiero ir a Saturno. ¡Daré

vueltas sobre sus anillos hasta

marearme!

—Quizá no te guste. Los anillos

de Saturno son de hielo y polvo

—dijo la maestra Winkle.

—¡Vaya! —exclamó Katie—,

iré a otra parte.

Esa noche, Pedro le dijo a su papá:

—Me gustaría ir a Marte.

—¿Estás seguro? —le preguntó

su papá—. Está muy lejos.

—No importa —dijo Pedro—.

Tengo una maleta grande

y me gustan los viajes largos.

—Marte está a 225 millones

de millas de aquí —le dijo su papá.

—No es problema —dijo Pedro—.

Llevaré muchos sándwiches.

—Y llévate unas vacas para que

tengas leche —agregó su papá.

Esa noche, Pedro soñó

que iba a Marte.

Su nave espacial era ruidosa e iba

llena. ¡Las vacas nunca dormían!

Capítulo 2
Explorar los planetas

Al día siguiente, Pedro leyó más

sobre Marte.

—Es muy rocoso —dijo

la maestra Winkle.

—¡Perfecto! —sonrió Pedro—.

Me encanta escalar rocas.

La clase leyó también

sobre Plutón.

—Si viviera en Plutón, vería cinco

lunas desde mi ventana —dijo JoJo.

—¡Guau! —exclamó Pedro.

—Saturno tiene 82 lunas

—dijo Katie.

—¡No te creo! —exclamó Pedro.

—Es cierto —dijo la maestra

Winkle—. ¡El cielo está atiborrado!

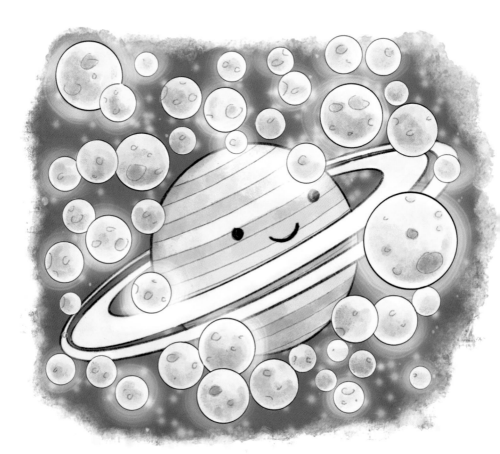

—Cada planeta gira alrededor
del Sol —dijo la maestra—. ¿Cuántos
días tarda la Tierra en dar su vuelta?

Sofía, una estudiante nueva, contestó:

—Tarda 365 días.

—¡Sí! —dijo Pedro—. Debo esperar 365 días para que vuelva a ser mi cumpleaños. Es mucho tiempo.

Más tarde, Pedro preguntó a su

papá:

—¿Cuántos días tarda Marte

en dar una vuelta al Sol?

Su papá lo buscó.

—Tarda 687 días.

Capítulo 3

Un planeta muy bonito

Al día siguiente, Pedro le dijo

a Katie:

—Cuando vaya a Marte, tendré

que esperar 687 días para

que vuelva a ser mi cumpleaños.

—¡Guau! —dijo Katie—. Eso es

mucho tiempo.

—¡Ya lo creo! —dijo Pedro.

Después de la escuela, Pedro,

Katie y JoJo jugaban al fútbol.

El sol brillaba y un cardenal rojo

cantaba feliz.

—La Tierra es un planeta muy bonito —dijo Pedro—. Creo que me quedaré aquí otro rato.

—Buena idea —dijo Katie.

Esa noche, Pedro le sonrió

a la Luna desde su cama.

Y la Luna ¡le devolvió la sonrisa!

Acerca de la autora

Fran Manushkin es la autora de Katie Woo, la serie favorita de los primeros lectores, y también la autora de la conocida serie de Pedro. Ha escrito otros libros como *Happy in Our Skin*; *Baby, Come Out!* y los exitosos libros de cartón *Big Girl Panties* y *Big Boy Underpants*. Katie Woo existe en la vida real: es la sobrina-nieta de Fran, pero no se mete en tantos problemas como Katie en los libros. Fran vive en la ciudad de Nueva York, a tres cuadras de Central Park, el parque donde se le puede ver con frecuencia observando los pájaros y soñando despierta. Escribe en la mesa de su comedor, sin la ayuda de sus dos traviesos gatos, Chaim y Goldy.

Acerca de la ilustradora

El amor de Tammie Lyon por el dibujo comenzó cuando ella era muy pequeña y se sentaba a la mesa de la cocina con su papá. Continuó cultivando su amor por el arte y con el tiempo asistió a la universidad Columbus College of Art and Design, donde obtuvo un título en Bellas Artes. Después de una breve carrera como bailarina profesional de ballet, decidió dedicarse por completo a la ilustración. Hoy vive con su esposo, Lee, en Cincinnati, Ohio. Sus perros, Gus y Dudley, le hacen compañía mientras trabaja en su estudio.

Glosario

atiborrado/a—ocupado por una gran cantidad de personas o cosas

cardenal—pájaro cantor de color negro alrededor del pico, con una cresta de plumas en la cabeza. El macho es de color rojo vivo.

marearse—perder el equilibrio

planeta—cuerpo celeste que gira alrededor del Sol

ruidoso/a—que causa mucho ruido

Conversemos

1. ¿Por qué le gustaría a Pedro viajar a Marte? ¿Te gustaría visitar Marte? ¿Por qué?

2. Imagina que viajas a otro planeta. ¿Qué cosas llevarías en tu viaje?

3. ¿Cómo se siente Pedro al final del cuento? ¿Cómo lo sabes?

Redactemos

1. Escribe un cuento sobre un viaje en una nave espacial llena de vacas.

2. Dibújate en el espacio. Luego escribe una oración que describa cómo te sientes ahora que ya no vives en la Tierra.

3. Elige un planeta. Escribe tres datos sobre ese lugar. Si no los sabes, puedes pedir ayuda a un adulto para buscar datos en un libro o en Internet.

¡LOS CHISTES

🍁 ¿Por qué se fue la
vaca a Marte?
¡Quería viajar
muuu-y lejos!

🍁 ¿Cómo sabes que
la Luna ya no tiene
hambre?
Porque está llena.

🍁 ¿Por qué es tan rico
Saturno?
¡Porque tiene muchos
anillos!

🍁 ¿Cómo sería una fiesta de
cumpleaños en el espacio?
Sería muy "espacial".

DE PEDRO!

🍃 ¿Qué les gusta leer
a los planetas?
Historias sobre
los astros
de los deportes.

🍃 ¿Qué música les gusta
a los planetas?
La música de las estrellas
más populares.

🍃 ¿Qué flores le regalan los
planetas al Sol?
Girasoles.

🍃 ¿Por qué tiene tantos
grados el Sol?
¡Porque es un
estudiante brillante!

¡MÁS ¡DIVERSIÓN CON PEDRO!

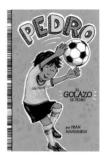